Wegelin

Der Winter

Anatiposi

Wegelin

Der Winter

Unveränderter Nachdruck der Originalausgabe von 1854.

1. Auflage 2023 | ISBN: 978-3-38201-940-2

Anatiposi Verlag ist ein Imprint der Outlook Verlagsgesellschaft mbH.

Verlag: Outlook Verlag GmbH, Zeilweg 44, 60439 Frankfurt, Deutschland
Vertretungsberechtigt: E. Roepke, Zeilweg 44, 60439 Frankfurt, Deutschland
Druck: Books on Demand GmbH, In de Tarpen 42, 22848 Norderstedt, Deutschland

Der Winter.

Poetische Ergießungen und Schilderungen,

gesammelt und geordnet als Stoff zum Anschauungs-
Unterrichte und zum Gebrauche

als

Lese- und Lernbuch

für

die Unter- und Mittelklassen der Volksschulen.

———

Herausgegeben

von

Lehrer Wegelin.

Augsburg, 1854.
Druck und Verlag der Karl Kollmann'schen Buchhandlung.

„Die Kinder sind geborene Poeten."

Liebliche Jugendgeschenke für Schulen u. S
soeben in der **K. Kollmann**'schen Buchhandlung
burg erschienen und durch alle Buchhandlungen z

Der Frühling.

Poetische Ergießungen und Schilderu
gesammelt und geordnet als Stoff zum Anschauun
richte und zum Gebrauche als

Lese= und Lernbuc

für die Unter= und Mittelklassen der Volks
Herausgegeben von Lehrer **Wegelin**.
brosch. 12 kr. oder 4 sgr.

Der Herbst.

Poetische Ergießungen und Schilderu
gesammelt und geordnet als Stoff zum Anschauung
richte und zum Gebrauche als

Lese: und Lernbuc

für die Unter= und Mittelklassen der Volks
Herausgegeben von Lehrer **Wegelin**.
brosch. 12 kr. oder 4 sgr., geb. 15 kr. oder 5

So unendlich groß auch die Anzahl der existirenden Jug
ist, so recht zweckdienliche, das Gemüth der Kinder wahrt
fende, die Verstandesbildung mit jener des Gemüths verei
es darunter dennoch nicht gar so viele. und gerade diese su
niß und guten Eltern vor Allem willkommen. — Hier n
solche dargeboten und dazu beitragen, daß die Kinder bei
Anblicke der Natur Geist und Herz recht erquickt fühlen,
fromm zu Gott erheben und mit Wohlgefallen und Nutzer
Erscheinungen der Natur verweilen, die ein unangeregtes s
gültig übersieht. Die freundliche Aufnahme, welche s
und **Herbst** gefunden, veranlaßten die Erscheinung des A
dem unter gleichen Voraussetzungen auch in einigen Mi
Sommer folgen soll.

Vorwort.

Gleich den bereits erschienenen Gedichtsamm-
lungen „der Herbst" und „der Frühling"
glaubt der Verfasser der lieben Kinderwelt eine
freundliche Gabe hiemit unter dem Titel „der
Winter" zu reichen. Durch zweckmäßig geord-
nete Zusammenstellung von Versen und Gedichten
wollte er ihr die Lieblichkeit wie den Ernst des
Winters vor Augen führen, sie Gottes Macht,
Weisheit und Güte dabei erkennen lassen.

Mögen die sprechenden Schilderungen und
Anregungen geistvoller Dichter des Kindes Sinn
hellen, seinen Geist wecken und sein Herz für's
Gute erwärmen. Auch das Kind soll schon das
Leben schön und edel genießen.

Daß auch Weihnacht= und Neüjahr=
Gedichte Aufnahme fanden, dürfte wohl nur
zur Erhöhung der Weihnachtfreüde und zur wür=
digen Neüjahrfeier dienen.

Der richtige Gebrauch dieses Büchleins zu
Lese= und Gedächtnißübungen, sowie zur Sprach=
bildung unter Leitung des Lehrers, wird gewiß
seinen Zweck nicht verfehlen.

Den Segen von Oben wünscht dazu kinder=
freündlich

Der Verfasser.

Einleitende Bibelworte.

Gott spricht zum Schnee, so ist er bald auf Erden. Hiob 37, 6.

Wenn der kalte Nordwind wehet, so wird das Wasser zu Eis. Die Winde wehen den Schnee durcheinander. Er ist so weiß, daß er die Augen blendet. Das Herz muß sich verwundern solches seltsamen Regens. Sir. 43, 19. 20. 22.

Der Herr gibt Schnee wie Wolle, er streuet Reifen wie Asche. Er wirft seine Schloßen wie Bissen; wer kann bleiben vor seinem Froste? Er spricht, so zerschmelzet es; er läßt seinen Wind wehen, so thauet es auf. Psm. 147, 16. 17. 18.

Kürzere und längere Verse.

1. Mit ihren Blumen ihren Freuden entfloß die goldne Zeit. Nun ruht die mütterliche Erde, gehüllt in's Winterkleid.

2. O wie ist es kalt geworden und so traurig, öd' und leer! Rauhe Winde weh'n von Norden, und die Sonne scheint nicht mehr.

3. (Im Winter.) Es schneielet, es beielet, es gaht en chühle Wind; es früret alle Vögeli und alle chline Chind. Es schneielet, es beielet, es gaht en chüle Wind; i han es Stückli Brod im Sack, das g'hört dem ärmste Chind.

4. (Der Winter.) Ihr Kinder, ihr könnt fröhlich sein, kommt freudig um mich her! Seh't in die Luft, bald wird es schnei'n; nicht wahr, das freut euch sehr? Wir fliegen nun im Schlitten bald schnell über's weiße Feld, und jauchzen, daß es wieder hallt; schön ist auch jetzt die Welt!

5. Nun schüttelt von kaltem Gefieder der Winter uns Schnee auf die Flur. Doch schlägt uns sein Stürmen nicht nieder, sein Eislauf ergötzet uns nur.

6. Der Sang verstummt, die Art erschallt, das Schneefeld glänzt, das Jagdhorn hallt, der Schneeball fliegt, die Flur erstarrt, der Schlittschuh eilt, die Straße knarrt.

7. Alles starrt vom Schnee und Eise, Vöglein findet keine Speise, arme Menschen leiden Noth, Frost und Hunger droh'n den Tod.

8. Dem Vöglein gib ein Krümchen Brod; im strengen Winter leidet's Noth.

9. Setze dich nur mitten auf den kleinen Schlitten! Streck' die Beine aus! und dann mit den Händen kannst du leicht ihn wenden, geht er dir zu kraus.

10. (Wunsch.) Wenn's doch nur immer Winter wär', da sind die Kindlein munter, die Flocken taumeln kreuz und quer, der Schlitten fliegt bergunter.

11. Der Winter ist ein kalter Mann. Er zieht ein weißes Pelzchen an, von hartem Eis sind seine Schuh', o Kinder macht die Thüre zu. Habt ihr gespielt, so kommt herein, spinnt, strickt, les't, müßt fleißig sein!

12. (Januar.) Entblättert stehen Strauch und Bäume, die Erde trägt ein weißes Kleid, doch **ihr** durchwogt die kalten Räume in Jugenblust und Heiterkeit.

13. (Dezember.) Der schönste Stern im Erdenleben ist wohl die Nacht zum heil'gen Christ! Denn heute ward uns der gegeben, der unser Herr und Heiland ist.

14. (Winter.) Die Erde hegt jetzt still und groß die zarte Saat in ihrem Schooß, die sich im Frühling segensvoll entwickeln und uns nähren soll.

15. (Frühlingsgruß.) Wenn der Winter schneegebettet, Quell' und Bach hält angekettet, schickt der Frühling einen Gruß, daß es anders werden muß.

Größere Gedichte.

Der Winter in seinen Erscheinungen vor Weihnachten.

1. Winterlied.

Des Jahres Schönheit ist nun fort — wie traurig steh'n die Triften! Es stürmt ein ungestümer Nord aus schwerbelad'nen Lüften. Die Erde starrt vom Froste nun und ihre Nahrungssäfte ruh'n. Wohl mir bei dieser rauhen Zeit, ich darf vor Frost nicht beben, mich schützt mein Dach, mich wärmt mein Kleid, und Brod erhält mein Leben. Auf weichem Bette schlaf' ich ein und kann mich sanfter Ruhe freu'n.

2. Der Blümlein Antwort.

In meines Vaters Garten, da wars noch gestern grün, da sah ich noch so mancherlei, so schöne Blumen blüh'n. Und heut ist Alles anders, und heut ist Alles todt. Wo seid ihr hin, ihr Blümelein, ihr Blümlein gelb und roth?

O liebes Kind, wir schlafen nach Gottes Willen hier, bis er uns seinen Frühling schickt, und dann erwachen wir.

„Ja, deine Blümlein schlafen. So wirst auch schlafen du, bis dich erweckt ein Frühlingstag aus deiner langen Ruh." **Und** wenn du dann e r w a ch e ft, o möchteft du dann fein fo h e i t e r und fo f r ü h l i n g s = f r o h, wie deine Blümelein.

3. Freüd und Feid.

S t o l z die Blumen heüt ihr Haupt erheben, doch es kommt ein R e i f wohl über Nacht, und z e r k n i ck t ift alles frohe L e b e n und d a h i n der Blumen fchöne Pracht. Und die L u ft, die wir im Sommer hatten, ift v e r w a n d e l t dann in lauter L e i d, und mit S ch n e e bedeckt hat Feld und Matten Berg und Thal die kalte W i n t e r z e i t. Doch wie Leid und Freüde ftets hie= nieden, und wie N a ch t und T a g ftets wechfeln mag, j e d e m Winter ift ein **Lenz** befchieden, i m m e r kommt ein **Auferftehungstag**.

4. Der Winterabend.

Kein V ö g e l e i n fingt beim Abendroth, kein K ä f = e r fchwingt fich auf, und todt in H a i n und F l u r liegt die Natur; die Wief' ift w e i ß und ft a r r der See, die Z w e i g e find E i s, die B l ä t t e r S ch n e e, man z i t t e r t im Oft, man ä ch z e t vor Froft, zurück und **zu** das Fenfter! **Hu,** wie k a l t ift's d'raußen im Wald! Im S t ü b ch e n klein, um des O f e n s Gluth, beim L a m p e n fchein ift's fo h e i m l i ch gut; da e r w a ch t's und b l ü h t aus tiefftem Gemüth zu E r n ft und S ch e r z; in V e r t r a u l i ch k e i t geht a u f das Herz, geht u n t e r die Z e i t, bis die Rede ftockt und auf's L a g e r lockt zur füßeften R u h' der Schlummer; **hu,** wie k a l t ift's drauß= en im Wald!

5. Kind und Ofen.

„Garstiger Ofen, schwarzer Mann, zieh ein
schön'res Kleid doch an! Sieh' die Tische, sieh' den
Schrank, sieh' die Spiegel nett und blank, sieh' den
Stuhl an Sitz und Fuß, du nur, Ofen, steh'st wie Ruß."

Doch der Ofen spricht kein Wort, still steht er an
seinem Ort, denkt: „Laß mich nur ruhig steh'n; wird
der Sommer nur erst geh'n, dann gefall' ich sicher-
lich dir, mein Knabe — denk' an mich."

Als der Winter wiederkehrt, hält das Kind den
Ofen werth, kommt es von der Schlittenbahn, sieht
es ihn recht freundlich an, schlingt um ihn den kleinen
Arm: Lieber Ofen, bist du warm?

6. Räthsel.

Man trifft mich an in jedem Haus; bald seh' ich
weiß, bald schwarz und grau auch aus. Obgleich
mich Niemand missen kann, sieht man mich kaum im
Sommer an. Sobald ich Dienste leisten soll, stopft
man mir meinen Bauch recht voll. Dann sucht und
lobt mich Jeder laut, und dankt dem Mann, der
mich erbaut.

7. Winter.

Willkommen lieber Schneemann, du, du deckst
die müde Erde zu. Was unter deinem Bette liegt,
das ist in süßen Schlaf gewiegt.

Schlaf aus, du Baum, du Blumenbeet, bis
neue Frühlingswärme weht. Schlaf aus, du

Wurm, du Käferlein, du Raupe in der Puppe fein. —

Der Gott, der auch im Winter schafft, gibt euch im Schlafe neue Kraft, und weckt zu neuem, frohem Lauf euch mit der Frühlingssonne auf.

8. Räthsel.

Ich kenne ein Zuckerbäckerlein, das streut auf Feld und Aeckerlein zu Stadt und Land, zu Hof und Haus den feinsten, weißen Zucker aus. Er drechselt aus dem Wasserfall gar lust'ge Bilder aus Krystall, und wer Gefrornes holen will, der stehe nur ein wenig still, gleich wartet's ihm im Sturmeslauf mit einem ganzen Teller auf. Wer's räth — ein Baslerleckerlein schenkt ihm das Zuckerbäckerlein.

9. Winterlied.

Düstre Nebel ziehen, Flocken fallen nieder, und der Vögel Lieder schweigen auf der Flur. Mag der Sommer fliehen, Herbst und Winter kommen, wir sind nicht beklommen, trauert gleich die Flur. Frost durchzieht die Erde und die Flüsse starren, Wagenräder knarren, dick mit Eis belegt. Daß es Eisbahn werde, ist uns schon gelegen, Schlittschuh soll sich regen, flink und rasch bewegt. Wenig scheint die Sonne, Nacht kommt früh hernieder, spät der Morgen wieder, der nur Nebel streut. Sei's, noch gibt's viel

Wonne: Fröhliche Gesichter seh'n des **Christbaum's** Lichter; freut euch nur **der** Zeit!

10. Ankunft des Winters.

Der Winter ist kommen, verstummt ist der Hain, nun soll uns im Zimmer ein Liedchen erfreu'n. Ein Lied und ein Spiel und ein Tänzchen dabei, da sind wir so lustig, als wär' es im Mai. Mag's immer dann d'raußen auch stürmen und schnei'n, Herr Winter soll freundlich willkommen uns sein.

11. Die schlafende Erde.

Schläfst du nun nach stiller Trauer, müde Erde, schläfst du schön? Fühlst du nicht die kalten Schauer über's Antlitz scharf dir weh'n? Ach, du hast viel Schmerz erfahren! deine Kinder, die sind todt; Blumen, lilienweiß und roth, die auch uns're Freude waren.

Schlumm're nur! Vergiß die Sorgen, die vom rauhen Nord gemacht! Sieh, vom Abend bis zum Morgen wird das Leben dir bewacht; denn ein Engel, dir zum Segen, kam mit unsichtbarer Hand, dir ein wärmendes Gewand auf die kalte Brust zu legen.

Schlafe, träume süße Träume! Mütterlich bewahre nun all' die neuen, jungen Keime, die dir noch am Herzen ruh'n. Steigt des Lenzes Engel nieder, dich zu wecken, zärtlich, treu, **dann** auch leben jung und neu deine Kinder alle wieder.

12. Das Kind im Wintergarten.

Kind. Hast du denn dein Kleidchen ausgezogen? War so bunt, so schön!

Garten. Ich will nun zur Ruhe geh'n, Schnee kommt schon daher geflogen, Winter zieht mir's Hemdchen an, daß ich ruhig schlafen kann. Aber kommt der Frühling wieder, scheint die Sonne warm hernieder, dann hat mir der Vater droben wieder ein buntes Kleid gewoben, und ich zieh' es fröhlich an, Jeder hat seine Lust daran.

13. Der Winter.

A, a, a, der Winter, der ist da! Herbst und Sommer ist vergangen, Winter, der hat angefangen.

E, e, e, nun gibt es Eis und Schnee. Blumen blüh'n an Fensterscheiben, sind sonst nirgends aufzutreiben.

I, i, i, vergiß des Armen nie! Hat oft nichts sich zuzudecken, wenn nun Frost und Kält' ihn schrecken.

O, o, o, wie sind die Kindlein froh! Wenn das **Christkind** thut was bringen, und „vom **Himmel hoch**" sie singen.

U, u, u, ich weiß wohl, was ich thu: Christkind lieben, Christkind loben mit den vielen Engeln droben.

14. Winterlied

Sehet dort, sehet dort bringt schon Schnee der kalte Nord. Kinder, tretet froh in's Zimmer, wo die

Wärme euer harrt, und gedenket dabei immer an so Manchen, der erstarrt. Danket Gott! **danket Gott!**

Freuet euch, freuet euch! Ach, ihr seid vor Vielen reich, die von einem Ort zum andern jetzt bei Frost und tiefem Schnee, arm und hungrig müssen wandern, auch geplagt von Krankheitsweh. Freuet euch! **freuet euch!**

Nützt die Zeit! nützt die Zeit, die euch eure Jugend beut! Lernet, was ihr könnt mit Freuden, o ihr lernet nie zu viel, Gutes thun und Böses meiden, dies ist guter Menschen Ziel. Nützt die Zeit! **Nützt die Zeit!**

15. Der Winter.

Im Winter schläft die Erde mit Schnee und Eis bedeckt, daß sie fruchtbarer werde, wenn Gott sie wieder weckt. So läßt Gott meine Glieder des Nachts im Schlafe ruh'n, daß ich am Morgen wieder viel Gutes möge thun. Vom Frühling bis zum Winter will ich geschäftig sein; Gott liebet gute Kinder, er wird auch **mich** erfreu'n!

16. Der Schneefall.

Juhe! der Winter kommt in's Land, zieht über Berg und Thal, und streut mit seiner kalten Hand viel Flöckchen ohne Zahl. Die fliegen lustig um das Haus wie Schmetterlinge hin, und tanzen durcheinander kraus; das ist nach unserm Sinn. Macht 'mal ein Fenster auf geschwind und fangt ein Dutzend

ein! Husch, husch, was das für Dinge sind! Sollt
uns willkommen sein! O weh! die Böglein
schmelzen ja! Erst dies! Nun das! — O seht, jetzt
ist kein einz'ges mehr da! Sagt, ob ihr das versteht?
Das Ding ist doch zu wunderbar! Herr Winter,
sag' mal an, wie man aus Wasser hell und klar, die
Böglein machen kann.

17. Winters Ankunft.

In weißem Pelz der Winter steht lange schon
hinter der Thür', — ei, guten Tag, Herr Winter, das
ist nicht hübsch von dir! Wir meinten, du wärest wer
weiß wie weit, da kommst du mit einmal hereinge-
schneit, nun, da du hier bist, da mag's schon sein,
aber was bringst du uns Kinderlein? — Was ich euch
bringe, das sollt ihr wissen, fröhliche **Weihnacht**
mit Aepfeln und Nüssen, und Schneeballen,
wie sie fallen, und im Jänner auch Schneemänner.

18. Winterlied.

Diese kalte Winterluft kräftig in die Herzen
ruft: seht, wo ist der Sommer hin? Nur der Herr er-
wecket ihn. Reif, wie Asche, nah und fern streuet
aus die Hand des Herrn; wer kann bleiben vor dem
Frost, wenn er weht von Nord und Ost? Gleich wie
Wolle fällt der Schnee und bedecket Land und See;
wehet aber Gottes Wind, so zerfließet er geschwind.
O Beherrscher der Natur, Allem zeigst du Zeit und
Spur; Frühling, Sommer, Herbst und Eis

nah'n und flieh'n auf dein Geheiß! Friert da draußen
Alles ein, soll mein Herz doch brennend sein. Leuchte,
o mein Heil, in mir, o so glüht und lebt es dir.

19. Der Winter.

Entschlummert ist schon längst die Flur, mit
Schnee bedeckt ist die Natur, doch bringt sie manche
Freude dar. Hier gleiten Schlitten von dem Hügel,
dort auf gefrornem Wasserspiegel rennt hin der Schlitt-
schuhläufer Schaar. D'rum spielt nur fort, ihr
muntern Kinder, gar schöne Lust bringt auch der
Winter.

20. Blumen im Winter.

Wo sind alle Blumen hin? Schlafen in der
Erde d'rin, weich vom Schneebettchen zugedeckt;
stille nur, daß sie Niemand weckt. Ueber's Jahr,
mit dem Sonnenschein tritt der liebe Gott herein,
nimmt die Decke hinweg ganz sacht, ruft: ihr Kinder,
nun all erwacht! Da kommen die Köpflein schnell
herauf; da thun sie die hellen Aeuglein auf.

21. Winterlust.

Woher die Flocken überall, so locker weiß und
fein? Woher die Flocken ohne Zahl? Es mag wohl
Winter sein. Nun rasch den Schlitten in die Hand,
wir spannen uns selbst d'ran. Im Winter ist ja wie
bekannt, für uns die Schlittenbahn. Auch eh' der
Schnee noch aufgethaut, da wird von manchem Kind

ein großer Schneemann aufgebaut, viel größer, als
wir sind. Wir wissen schon, wenn's Winter ist, wenn's
kalt wird, friert und schneit, da kommt ja auch
der **heil'ge Christ**, der Kinder stets erfreut. Und
wundervolle Blumen noch malt er am Fenster an.
Nur ist es Schade, daß man doch sie niemals riechen
kann.

22. Der erste Schnee.

Was fliegen für weiße Vögelein da droben vom
Himmel hernieder? Sie sind noch so jung, sie sind noch
so klein und haben ein zartes Gefieder. Und singen
können sie auch noch nicht, es ist ein so stilles Ge=
wimmel; die Lerche schwebt auf zum heitern Licht, die
kommen vom düstern Himmel. Sieh, da hat ein's sich
am Fenster gesetzt, als wollt' es um Einlaß klopfen.
Nein, nein, hier würde es durchgenetzt; da würd'
aus dem Vogel ein Tropfen. — Und haben sie sich
eine Zeit lang ergötzt, bald wird's ihnen nimmer ge=
fallen; sie werden, in's murmelnde Bächlein gesetzt,
hinunter zum Flusse wallen. Und mit dem Flusse
geht es ins Meer; dann schweben sie auf zu den Höhen,
und hoch in den Wolken geht's hin und her, bald wirst
du sie wiedersehen. —

23. Räthsel.

Das Erste, blendend weiß und rein herab vom
Himmel fiel, das Zweite, rund und bunt und klein,

dient Knaben oft zum **Spiel**, mein Ganzes nennt der
Garten Zier, die Blüthen eines **Strauches** dir.

24. Räthsel.

Im Sommer ist es an **Sträuchern** zu haben, im
Winter machen es die **Knaben**. Im Sommer wird es
lieblich riechen, im Winter auf den **Buckel** fliegen.
Im Sommer wird es durch die Sonne **entstehen**, im
Winter aber durch d' Sonne **vergehen**.

25. Räthsel.

Ich weiß ein **Gärtlein** an einem Ort, das blühet
auch im **Winter** fort, darin sind Bäumlein aller
Art, und alle noch gar jung und zart. Ein Gärtner ziehet die Bäumlein so, daß sie gedeihen leicht und
froh; doch welche dem Gärtner wohl gerathen, das
magst du, mein Kind, wohl selber errathen.

26. Der Schnee.

Weißer Schnee aus der Höh', kommst herab in
leichtem Flug, deckst das Feld, Saat erhält grün
sich unterm weißen Tuch. Alles still, keiner will zu dem
kalten Forst hinaus; Blümchen dort ist längst fort,
Bienchen, Käfer, ruh'n im Haus. Häschen
nur sucht die Spur zu dem Garten in das Feld, hungert
sehr, hat nichts mehr in des Waldes schnee'ger Welt.

27.

Ist denn da droben Baumwoll feil? Sie schütten

uns ein gutes Theil herab auf Garten und auf Haus; es schneit doch auch — es ist ein Graus, und doch hängt noch der Himmel voll von solcher Waare, seh' ich wohl.

Wo Jemand wandert nah und fern', der kaufet von der Baumwoll' gern, trägt sie auf Hut und Schultern nach und eilt davon zum nächsten Dach. Sagt, ist es denn gestohlnes Gut, daß ihr so lauft und eilig thut.

Und Gärten ab und Gärten auf hat jeder Pfahl sein Käppchen auf; sie sehen wie große Herren d'rein, und glauben sich geschmückt allein. Den Nußbaum nahm man auch nicht aus, noch Kirchenbach, noch Pfarrerhaus.

Wohin man sieht, ist Schnee auf Schnee, im Wald, und Thal, in Feld und Höh'. Manch Samenkörnchen klein und zart, liegt in der Hülle wohlverwahrt; es harrt auf seinen Ostertag, wie sehr, wie lang's auch scheinen mag.

Manch' Sommervög'lein schöner Art liegt in der Hülle wohlverwahrt, es weiß von Kummer nicht, noch Klag', und harrt auf seinen Ostertag; und währts auch lang — er kommt gewiß; indessen schlaft es sanft und süß.

Doch wenn im Lenz die Lerche singt, die Frühlingssonne niederbringt: o dann erwacht's in jedem Grab und streift das Todtenhemdchen ab. Wo irgend sich ein Löchlein zeigt, empor das junge Leben steigt.

Da fliegt ein hungrig Spätzlein her, ein Krümchen Brod ist sein Begehr; seht, welche fleh'nde Mien' es macht! Es hatt' auch nichts seit gestern Nacht. Ja, Bürschlein, wohler mag dir sein, harrt Korn in allen Furchen dein!

Hier! laß auch was dem spätern Gast! Komm wieder, wenn du Hunger hast! Es muß doch wahr sein, wie man spricht: „Sie säen nicht, sie ärnten nicht, sie haben weder Pflug noch Joch, und **Gott im Himmel** nährt sie doch!"

28. Winterfreuden.

Mädchen. Der Winter ist gekommen in seinem weißen Kleid', hat Blumen uns genommen, den Garten zugeschneit.

Knaben. Nun holen wir den Schlitten. Wollt ihr gefahren sein, so müßt ihr uns hübsch bitten: dann setzt ihr euch hinein.

Mädchen. Der Bach in Eises Hülle läßt nicht ein Fischlein sehn; die Flur ist todt und stille, und scharfe Winde wehn.

Knaben. In frischer Luft zu wandern, durch Flur und Hain dahin, und auf dem Eis zu glandern, das ist für unsern Sinn.

Beide. Nun wird auch bald erscheinen die frohe **Weihnachtzeit**, dann schimmern für die Kleinen die Lichter weit und breit. Und Reiter, Puppen, Spiele und Löw' und Hund und Pferd im lustigen Gewühle sind für uns da bescheert. D'rum Winter, sei willkommen mit deinem Schneegesicht: hast

Blumen zwar genommen, doch fehlt's an Freuden nicht.

29. Schlittenfahrt.

Kinder. O lieber Vater! laß dich erbitten, ach fahre heute mit uns Schlitten; es sollte ja schon längst geschehen; heut ist das Wetter gar zu schön! Die liebe Sonne lacht in der Höh', es blitzt und funkelt der weiße Schnee, und nah sowohl, wie in der Weite horch! überall tönt Schellengelaute.

Vater. Nun, da so blau der Himmel lacht, die Sonne strahlt mit Lenzespracht; da ich's versprochen seit langer Zeit, ihr fleißig auch gewesen seid: so sei denn euer Wunsch gewährt! Fritz, sag' dem Kutscher, er soll ein Pferd schnell vor den neuen Schlitten spannen; darauf geht es sogleich von dannen.

Kinder. Hei! das wird eine Freude sein, wenn's, hussa! geht durch Feld und Hain. Wir danken auch, lieber Vater dir! doch, da steht der Schlitten schon vor der Thür! Wie läuten seine Glöcklein so fein; geschwinde, Kinder, steigen wir ein! Nun, Pferdchen, trag' uns weit davon, der köstlichste Hafer sei dein Lohn!

30. Die Schlittenfahrt mit dem Schneemann.

Wir kommen mit Trommel und Pfeifenklang, mit Schellengelaut und mit Lustgesang. Der Schneemann ist unser König jetzt, wir haben ihn heut auf den Thron gesetzt. Wir zieh'n ihn im

Jubel durch Stadt und Land, wir zieh'n ihn aus Liebe mit eigener Hand. Ihr Leute, ihr schaut aus den Fenstern heraus, Schneekönig, der kommt in Saus und Braus. Ihr Leute, so ziehet die Kappen ab! Schneekönig, der kommt mit Kron und Stab. Ihr Leute, begrüßt ihn mit Hurrahgeschrei! **Schneekönig,** der ziehet anjetzt vorbei.

31. Schneeballen.

Frisch geballt! Gerüstet seid zu der heißen Schlacht! Wo um uns Kugel um Kugel kracht, da ist's nicht kalt. Rasch gestürmt! Der Wind bläst rauh über's Eisgefild. Wir scheuen nicht, daß uns Schnee umhüllt und hoch sich thürmt. Kühn hinein! In's wilde Brausen der Kugelsaat muß jeder wackere Kamerad, groß oder klein! Einst als Mann — nicht fürchten dann wir den harten Kampf, wo uns die Kugel im Pulverdampf erreichen kann.

32. Eisblumen am Fenster.

Wer hat die Blümlein da gemacht, an unserm Fensterlein? Sind all gewachsen über Nacht, im lieben Mondenschein. Der Herr Gott saß im Himmel sein und dacht an jedes Kind, sprach zu dem lieben Engelein: fliegt 'mal hinab geschwind! Ist wohl kein Blümchen weit und breit, im Garten, Feld und Wald, das thut den lieben Kindern leid; will helfen ihnen bald. Tragt hurtig doch in jedes Haus, an alle Fensterlein die Blümchen, daß sie zart und

kraus da stehn im Morgenschein. Da flogen all die
Engel fort wohl aus dem Himmelsfaal, und brachten
auf des Herrn Wort, die **Blümlein** allzumal.

33. Eisblumen.

An den Fenstern klar und hell weiße Blumen
prangen, duftgeboren sind sie schnell nächtlich auf-
gegangen. Aber wärmer wird die Luft in dem Stübchen innen, und der Blumengartenduft fangt an zu
zu zerrinnen. Deine Freuden, armes Herz, sind
ein nächtlich Wähnen, das am Morgen rinnt im
Schmerz wieder ab als Thränen.

34. Das Büblein auf dem Eis.

Gefroren hat es heuer noch gar kein festes Eis.
Büblein geht auf den Weiher, und spricht so zu sich
leis: ich will es einmal wagen, das Eis, es muß
doch tragen. Wer weiß? Das Büblein stampft und
hacket mit seinen Stiefelein. Das Eis auf einmal
knacket, und krach! da bricht es ein. Das Büblein
patscht und krappelt, als wie ein Krebs, und
zappelt: mit Schrei'n. O helft, ich muß ver-
sinken in lauter Eis und Schnee, o helft, ich muß
ertrinken im tiefen, tiefen See. Wär' nicht ein
Mann gekommen, der sich ein Herz genommen, o weh!
Der packt es bei dem Schopfe und zieht es dann heraus; vom Fuße bis zum Kopfe wie eine Wassermaus,
das Büblein hat getropfet; der Vater hat's ge-
klopfet zu Haus.

35. Räthsel.

Kennst du die Brücke ohne Bogen und ohne
Joch, von Diamant, die über breiter Ströme
Wogen errichtet eines Greisen Hand? Er baut sich
auf in wenig Tagen, geräuschlos, du bemerkst
es kaum; doch kann sie schwere Lasten tragen und hat
für hundert Wagen Raum. Doch kaum entfernt
der Greis sich wieder, so hüpft ein Knabe froh daher,
der reißt die Brücke eilig nieder, du siehst auch ihre
Spur nicht mehr.

36. Winterlust.

Selbst wenn es auch schneiet und friert, daß
es kracht, so wird von den Knaben gespielt und ge-
lacht. Sie tummeln sich lustig und munter herum,
und werfen dem Freunde den Schneemann wohl um.
Und weißt du auch wohl, mein liebes Kind, warum
diese Knaben so lustig sind? Sie waren in der Schule
sehr fleißig und gut, dieß gibt wohl den Kindern so
fröhlichen Muth.

37. Schlittschuhlauf.

Herbei, heran! auf die glänzende Bahn!
Sicherer Boden von Eis deckt den Fluß: schnallet den
eisernen Schuh an den Fuß, schreitet und gleitet
mit munter'm Sinn dahin, dahin! Hinab, hinauf!
In dem schwebenden Lauf! Stürmt auch und
brauset der grimmige Nord, schreiten und gleiten

wir muthig doch fort! Warm ist das Herzblut und heiter der Sinn! Dahin, dahin!

38. Die Baüme im Winter.

Seht meine lieben Baüme an, wie sie so herrlich steh'n, auf allen Zweigen angethan mit Reifen, wunderschön! Von unten an bis oben aus auf allen Zweigelein hängt's weiß und zierlich, zart und kraus und kann nicht schöner sein. Und alle Baüme rund umher, all', alle weit und breit, steh'n da geschmückt mit gleicher Ehr', in gleicher Herrlichkeit. Wir seh'n das an und denken noch einfältiglich dabei, woher der Reif und wie er doch zu Stande kommen sei? Denn gestern Abend Zweiglein rein; kein Reifen in der That! Muß Einer doch gewesen sein, der ihn gestreuet hat. Ein **Engel** Gottes geht bei Nacht, streut heimlich hier und dort, und wenn am Morgen man erwacht, ist er schon wieder fort. Du, **Engel,** der so gütig ist, wir sagen Dank und Preis. O mach' uns doch zum **heil'gen Christ** die Baüme wieder weiß!

Des Kindes Weihnachtfreüde.

39. Weihnachtlied.

Kahl und blätterlos steht wieder der sonst grün belaubte Baum; und verstummt sind alle Lieder in des

Waldes düster'm Raum'. Feuchte Nebel fallen nieder
aus der rauhen Winterluft, und der Vögel bunt Gefieder schwärmt nicht mehr in Blumenduft. Keine
Blume seh' ich blühen in dem Garten, auf der Flur.
Keine Rose seh' ich glühen auf dem Teppich der Natur.
Doch nicht arm an allen Freuden ist die rauhe Winterszeit; Elternliebe hat mit Freuden ringsum
Freuden ausgestreut. Euch, ihr Guten, euch, ihr Lieben,
sei mein voller Dank geweiht! Euch zu folgen, euch
zu lieben, sei der Dank der Kindlichkeit.

40. Der Weihnachtabend.

Herbst war's geworden: der Wind aus Norden
bläs't kalt nun und kälter durch Flur und Wälder und
Stoppelfelder; er zerret und zaus't mit gewaltiger
Faust im Vorüberfahren an den welken Haaren den
Baum und den Strauch und den Menschen wohl auch.

Die Bäume zittern, ihre Aeste knittern, sie
biegen und beugen sich, bücken und neigen sich,
wenn er sie schüttelt, mächtig sie rüttelt.

Der Wind will spielen mit den Blättlein, den
vielen: er reißt sie herunter und jagt sie munter durch
Wälder und Felder, über Wege und Stege, in
Brunnen und Klüfte, hoch in die Lüfte. Und überall, auf dem Berg, in dem Thal, wird's öde und kahl.

Ein Tannenbäumchen, jung und schön,
bleibt ruhig auf dem Hügel steh'n, verwundert sich
über das heftige Blasen des Windes und über sein
grimmiges Rasen.

Doch endlich spricht's mit Trauern: wie bin ich zu
bedauern! Hab sonst gelebt gemeinsam mit Andern;
nun bin ich einsam! Die Bäume stehen um mich herum so blätterlos, so taub und stumm, sind starren
Leichen fast zu vergleichen! Ich aber muß immer
grünen! O, wär' ich entschlafen mit ihnen! Ich kann
nicht mehr fröhlich sein, so ganz allein! —

Der Winter kommt mit Schnee und Eis, und
macht die Erde, die Bäume weiß. Das Tannnen-
bäumchen wird auch beschneit mit einem dichten
Winterkleid. Mit seinen grünen Spitzen guckt's durch
des Kleides Ritzen.

So steht es lang. Da kommt einmal in schnellem
Gang ein Mann heran, dem Bäumchen nah'; „Aha!"
Er schwingt sein Beil — da sinkt es um und leidet's
stumm.

Jetzt hebt ers in die Höh', und schüttelt ab den
Schnee. Er legt es auf seine Schulter und trägt es
ganz schnelle hinweg von der lieblichen Stelle; geschwind entläuft er dem kalten Wind, macht bald vor
einem Hause Halt. Er trägt das Bäumlein hinein,
legt's in ein Kämmerlein. Er spricht dabei kein
Wort und gehet stille fort, schlägt zu die Thür —
klapp! Und ziehet den Schlüssel ab.

Drei Tage im Rumpelkämmerlein hat's gelegen
das liebe Tannenbäumlein. Getrocknet sind seine
Schneethränen; doch sein Sehnen nach Befrei-
ung aus seinem dunkeln Kerker wird immer stärker.
Da knarrt die Thür — der Mann tritt herfür: er

faſſet das Bäumchen und legt's auf die Schulter
wieder und trägt's in eine Stube, groß und ſchön.
Da ſieht es ſteh'n ein Gärtlein, geſchnitzt von Holz
mit einem Gartenhäuslein ſtolz. Das Tannenbäumchen wird jetzt in den Garten hineingeſetzt; unter
ihm ſtehen im Mooſe Figuren, kleine und große,
von Holz und Lehm bereitet, mit Farben überkleidet:
Häslein und Hirſchchen, Jägerbürſchchen,
Hirten und Heerden, Soldaten mit Pferden,
und noch allerlei Geſtalten nebenbei: — alle ge-
ſchmückt und geputzt ganz köſtlich, mit Silber
und Gold recht fein und feſtlich.

Von dem Vater und der Mutter wird das
Tannenbäumchen ausgeziert: an ſeine grünen
Zweige hängen ſie eine Geige, eine Flöte, eine
Harfe, eine wunderliche Larve, einen Vogel in
einem Reife, eine Wurſt, eine Pfeife, einen Leuch-
ter, eine Kanne eine Gabel, eine Pfanne, ein
Männlein, ein Kindlein, eine Katze, ein
Hündlein, eine Uhr, einen Tiſch, einen Stern,
einen Fiſch, ein Wickelkind, einen Schmetterling
und noch manch andres hübſche Ding.

Doch war von alledem gar nichts von Holz und
Lehm; das Bäumchen hat entdeckt, daß Alles von
Konfekt und dieß ſei ſüß. Auch Aepfel, gelb und
roth, goldne Nüſſe, Zuckerbrod, Lebkuchen
und Knackmändelchen hingen an ſeidenen Bändel-
chen. Und um das Gärtchen lagen viel ſchöne Sachen
zur Arbeit, zum Spiel: Bilder und Bücher,

allerhand Tücher, glänzende Schuh', Strümpfe
dazu. Kleider ganz neu, Hauben dabei, Hüte
mit Bändern und zierlichen Rändern, Kragen mit
Spitzen, Jacken und Mützen, Soldaten von
Blei in stattlicher Reih', Küche und Kochheerd,
Schaukel und Steckenpferd, niedliches Stübchen, hölzerne Püppchen, Trommeln, Trom-
peten, Säbel, Musketen, Fuhrmann und
Reiter, Schlitten u. s. weiter.

Und immer kam noch mehr: dem Tisch ward's fast zu
schwer, des Bäumchens Zweige brachen fast unter der
süßen, gold'nen Last; doch hat sich's innig gefreut über
der Pracht und Herrlichkeit, und verwundert
es zu sich selber sprach: **Was das nur Alles be-
deuten mag!**

Nacht ist's geworden an allen Orten. Auf des
Bäumchens Spitzen viele Lichtlein blitzen: das
glänzet so mächtig, das glitzert so prächtig, das
schimmert und flimmert so hell und so rein,
wie herrlicher, heiliger, himmlischer Schein.
Es klingelt! Es **klingelt!** Es klingelt! Es
klingelt! Ihr Kinderlein, herein! herein!

Die Knaben und die Mädchen, sie springen
herbei, sie staunen und rufen bald: **Ach!** und
bald **Ei!** Sie schauen bald hierhin, bald dorthin
geschwind; und Alle sind geblendet ganz von der
Pracht und dem Glanz. Ein Jedes sucht seine
Bescheerung heraus, und das ganze Haus ist von

unten bis oben erfüllt mit Jubel und fröhlichem Toben.

In des Bäumchens klaren, lieblichen Schein, mit Wonne sehen die Kinder hinein, und die Sächelchen alle so nett und fein, die d'ran gehängt sind, sie laden ein zum Beschauen und Kauen, zum Lecken und Schmecken. Die Kleinen, sie bitten und betteln süß: o, dürfen wir **das**, o, dürfen wir **dies** erhaschen und naschen! Die Kinder sind reich beglückt; sie **danken** den Eltern entzückt mit frohem, freudigem Muthe für all' das Schöne und Gute. Sie versprechen sein, immer folgsam zu sein, immer fleißig und gut und **fromm**, daß Jedes in den Himmel komm. Der Vater und die Mutter, sie küssen und herzen die braven Kinder, und lange noch scherzen sie mit einander — bis endlich Allen die Augen zufallen.

Sie gehen in's Bett und sehen ganz nett im schönsten Traum noch immer den herrlichen **Weihnachtsbaum.**

Nun steht allein das Tannenbäumlein, und ist froh und vergnügt, daß sich's **so** hat gefügt sein Schicksal so wunderlich; still spricht es dann zu sich: **Ich bleib mit Freuden bei den lieben Leuten! Will gern überwintern bei den guten Kindern.**

11. Das Christkind.

Alle Jahre wieder kommt das **Christuskind** auf die Erde nieder, wo wir Menschen sind. Kehrt mit

seinem Segen ein in jedes Haus, geht auf allen
Wegen mit ihm ein und aus. Ist auch mir zur Seite
still und unerkannt, daß es treu mich leite an der Liebe
Hand.

42. Weihnachtfest.

Es ist kein schön'res Fest auf Erden, als dieses
Fest der **Weihnachtzeit.** Ein Jeder wünscht ein
Kind zu werden, weil das sich so von Herzen freut,
und voll Erwartung lauscht und schaut, was **El-
ternlieb'** ihm aufgebaut.

43. Weihnachtlied.

Wir, Brüder und Schwestern, wir tanzen
und singen in bunten Ringen, wenn **Weihnacht-
tag** kommt. Da prangen am Baum die Aepfel so fein,
mit glänzendem Goldschaum gezieret; da glänzet
und funkelt's im gold'nen Schein, daß sich das Auge
verlieret.

44. Räthsel.

Ich kenne ein Baumchen gar fein und zart,
das trägt auch Früchte selt'ner Art. Es funkelt und
leuchtet mit hellem Schein weit in des Winters Nacht
hinein. Das sahen die Kinder und freuten sich sehr,
und pflückten vom Baume, und pflückten ihn leer.

45. Der liebe Gott.

Der liebe Gott da droben wohnt viel weiter noch

als Sonn' und Mond, viel weiter als die gold'nen Stern', der sieht die frommen Kindlein gern.

Ich hör' ihn nicht, ich seh' ihn nicht, doch er hört was das Kindlein spricht, und wo ich geh' und wo ich steh', da sieht er mich von seiner Höh'.

Und wenn ein Kind recht artig ist, dann sendet er zum heil'gen Christ wohl einen großen Lichter= baum mit Gaben — ach, man zählt sie kaum!

46. Weihnachten.

Die schönste Zeit, die liebste Zeit, sagt's allen Leuten weit und breit, damit sich Jeder freuen mag, **das ist der liebe Weihnachtstag**. Den hat uns Gott der Herr bestellt, den herrlichsten in aller Welt, daß Jung und Alt, daß Groß und Klein, so recht von Herzen froh soll sein. Das beste Kind, das liebste Kind, so viele rings auf Erden sind, kommt her und hört, damit ihr wißt, das ist der liebe **Jesus Christ**.

47. Vor Weihnachten.

Wenn säuseln die Windlein, dann schaut das Christkindlein zum dunkeln Fenster herein. Da sieht es wohl hinter dem Vorhang die Kinder, und horcht, ob sie vielleicht nicht schrei'n. Und wenn sie gehorch= en, dann bringt es bis morgen viel Sachen von Zucker und Gold. D'rum legt euch zufrieden, dann hat es beschieden bis morgen früh, was ihr nur wollt.

48.

Komm, du liebe Weihnachtszeit, wo die grünen Bäume brennen, wo es Nüss' und Aepfel schneit, und was alles noch zu nennen.

Mütterchen thut so verborgen, hat gewiß für mich schon was; doch ich will nicht seh'n, nicht horchen, sonst verderb' ich ihr den Spaß.

Will nur noch recht fleißig werden, wie das Christkind fromm und rein, daß, wenn Weihnacht wird auf Erden, meiner sich die Eltern freu'n. Was sie mir bescheeret haben, mir gewiß erfreulich ist; doch die schönste von den Gaben bleibt der liebe **heil'ge Christ.**

49.

Jetzt ist die allerliebste Zeit, es freu'n sich alle Kinder, und wenn es regnet und auch schneit und stürmt im kalten Winter. Ich lobe mir, wenn's Winter ist, denn da bescheert der heil'ge Christ.

50.

Jauchzet Wonnelieder Alle, hocherfreut: **Weihnacht** kehrte wieder voller Seligkeit. **Christus** kam zur Erde einst in dieser Nacht, daß es helle werde, hat er Licht gebracht.

Und sein göttlich Leben war nur Liebeshuld, die dem Feind vergeben konnt' am Kreuz die Schuld. Seines hehren Strebens Ziel war Menschenglück bis zu seines Lebens letztem Augenblick.

Brüder sollen alle Menschenkinder sein, auf dem Erdenballe sich des Daseins freu'n. Hülfe und Erbarmen hat er stets geübt, und die Schwachen, Armen bis zum Tod geliebt.

Auf die Kindlein blickte er mit sel'ger Lust, voll Entzücken drückte er sie an die Brust. Sprach: „wollt ihr erstreben, Menschen, Gottes Reich, müßt ihr immer leben guten Kindern gleich."

Darum, bei der Kerzen hellem Flammenschein, Kinder, weiht die Herzen ihm zum Tempel ein; kämpft mit starkem Muthe wider Lug und Tück' stets, wie er, für's Gute und der Menschheit Glück.

51.

Kommt, Kinder, begrüßt das Fest mit holder Freundlichkeit, das Fest, das froh sich feiern läßt, wenn's draußen friert und schneit.

Der Winter hat mit kaltem Hauch die Bäume längst entlaubt und all' die schönen Blumen auch zum Kranze uns geraubt.

Bekränzen können wir uns nicht, wie in der Blumenzeit, doch schmückt die Unschuld das Gesicht, den Leib ein festlich Kleid.

In diesem Schmuck begrüßen wir das schöne Weihnachtfest, und klopft ein Freund an unf'rer Thür, so halten wir ihn fest.

Wir stimmen in den Lobgesang mit hoher Freude ein, den einst ein Engel Gottes sang, die Hirten zu erfreu'n.

Gott in der Höhe sei die **Ehr'**, und **Friede** auf der Erd', und **Freude** Allen hoch und hehr, so lang das Leben währt.

52.

Morgen, Kinder, wird's was geben, morgen werden wir uns freu'n, welche Wonne, welch ein Leben wird in unserm Hause sein! Einmal werden wir noch wach, Heisa, dann ist **Weihnachtstag!**

Wie wird dann die Stube glänzen von der großen Lichter Zahl, schöner als bei frohen Tänzen ein geschmückter Kronensaal. Wißt ihr noch, wie vorig's Jahr es am heil'gen Abend war?

Welch ein schöner Tag ist morgen! Neue Freuden hoffen wir, uns're guten Eltern sorgen lange, lange schon dafür. O gewiß, wer sie nicht ehrt, ist der ganzen Lust nicht werth!

Nein, ihr Schwestern und ihr Brüder, laßt uns ihnen dankbar sein, und den guten Eltern wieder Zärtlichkeit und Liebe weih'n, uns auf's redlichste bemüh'n, Alles, was sie kränkt, zu flieh'n.

Laßt uns nicht bei den Geschenken neidisch auf einander seh'n, sondern bei den Sachen denken, **wie** erhalten wir sie schön, daß uns ihre Niedlichkeit lange noch nachher erfreut.

53. Liedchen.

Still, still! die Augen aufgemacht! Wer will herein? Das Christkindlein! Es ist ja heut die

heil'ge Nacht! Horch, h o r ch! es klopfet an der Thür,
es klingelt hell! O komm doch schnell! Herein! Schon
lange warten wir! Ja, ja, wir haben dich gar lieb!
Was bringst du heüt zur Weihnachtsfreüd? Die
hübschen Sächelchen, o, gib! Ei, ei, wie sind die doch
so süß, so nett und klein, so neü und fein; ein
Gärtchen, Bilder, Aepfel, Nüsse! Ach, ach,
wie glänzt und glitzert das! Wie hell und rein,
der gold'ne Schein! Herbei zu Lust und Spiel und
Spaß! Dank, Dank! du liebes Christkindlein!
Wir alle, wir versprechen dir, stets **folgsam, brav**
und **fromm** zu sein.

54. Der Christabend.

Mit stillem Schweigen sinket herab die heil'ge
Nacht, gar heimlich lieblich blinket des Abend-
sternes Pracht, als wolle er mich fragen, wer heüt
geboren ist; ich kann es ihm wohl sagen, es ist der
heil'ge Christ. Der Heil'ge kam von oben, und
ward der Kinder Freünd; ihn will ich liebend loben,
daß er's so gut gemeint. Voll Milde und Erbarm-
en, mit Vaterlieb' und Lust, trug er sie auf den
Armen, drückt er sie an die Brust. Wohl nicht in
Menschenweise wohnt er auf Erden mehr, nur unsichtbar und leise noch wandelt er umher; er suchet
seine Kleinen, und sucht von Haus zu Haus, und wo
sie fromm erscheinen, da geht er ein und aus. Und
treüen Mutterherzen hilft er in heil'ger Nacht, dann
steht in hellen Kerzen des **Christbaums** reiche Pracht.

„O **Mutter**, stille, fromme, laß liebend dich umfah'n! Und daß der Heil'ge komme, zünd' du die Lichtlein an. Ich will zur Ruh' mich legen, und betend schlaf' ich ein, ich träum' von seinem Segen und möchte bei **ihm** sein. Möcht' ihm mich dankend neigen, dem lieben **heil'gen** Christ; möcht' ihm die Mutter zeigen, wie lieb und gut sie ist.“

55. Des Kindes Weihnachtsgruß.

Willkommen, lieber **Weihnachtstag** mit deinen schönen Gaben, wer sich nicht deiner freuen mag, verdienet nichts zu haben.

Wie seufzt' ich oft: Ach wärst du heut! mit herzlichem Verlangen. Fast wäre in der langen Zeit mir die Geduld vergangen.

Doch heisa, lustig, trallala! Bist nun ja angekommen, du schöner Tag, bist endlich da, seitausendmal willkommen.

Hast du mir auch was mitgebracht, mir recht viel Lust zu machen? Ich träumte schon die ganze Nacht von tausend schönen Sachen.

Mit bunter Kerzen Glanz geschmückt sah ich den Christbaum prangen, kaum wußt' ich, so war ich entzückt, wohin ich sollte langen.

Nun meinetwegen, was es sei, was du mir hast beschieden, ist nur ein Bilderbuch dabei, so bin ich schon zufrieden.

56.

Weihnachten ist der Tag des Herrn, die **frommen** Kinblein hat er gern, schickt seine Engel alle aus, die wandern still von Haus zu Haus.

Und sind die Kinblein fromm und gut, der Engel nimmt's in seine Hut, den Weihnachtsbaum er zündet an, hängt viele gold'ne Früchte d'ran.

57. Die Hirten auf dem Felde.

Zur Nacht, da noch der Hirten Schaaren im Feld bei ihrer Heerde waren, trat her ein **Engel** klar und licht, und sprach: Ihr Hirten fürcht't euch nicht! Nein, freüt euch mit der Engel Schaaren des Heils, das allen wiederfahren:" zu **Bethlehem** geboren ist. der Herr und Heiland, **Jesus Christ!**" Da jauchzten froh die Engelchöre, und priesen fröhlich Gottes Ehre. Die Hirten zogen froh' geschwind nach Bethlehem zum Jesuskind; da klang aus schlichtem Hirtenmunde vom hohen Heil die frohe Kunde, da lobten Gottes Herrlichkeit die armen Hirten weit und breit.

58. Die Kinder bei der Krippe.

Ihr Kinderlein, kommet, o kommet doch all'; zur Krippe herkommet, in **Bethlehems** Stall, und seh't, was in dieser hochheiligen Nacht der Vater im Himmel für Freüde uns macht! O seh't in der Krippe, im nächtlichen Stall, seh't hier bei des Lichtleins hellglänzendem Strahl, in rein=

lichen Windeln das himmlische Kind, viel holder
und schöner, als Engel es sind! Da liegt es
— ach, Kinder! auf Heu und auf Stroh; **Maria**
und **Joseph** betrachten es froh; die redlichen Hirten
knie'n betend davor, hoch oben schwebt jubelnd der Engel=
lein Chor. O beugt wie die Hirten anbetend die
Knie'; erhebet die Händlein und betet wie sie,
stimmt freudig, ihr Kinder, — wer soll sich nicht
freu'n? Stimmt freudig zum Jubel der Engel mit
ein! O betet: du liebes, du göttliches Kind, was
leidest du alles für unsere Sünd'! Ach, hier in der
Krippe schon Armuth und Noth, am Kreuze dort
gar noch den bittern Tod! Was geben wir Kinder
was schenken wir dir, du bestes und liebstes der
Kinder, dafür? Nichts willst du von Schätzen und
Freuden der Welt, — ein **Herz** nur voll Unschuld
allein dir gefällt. So nimm uns're Herzen zum Opfer
denn hin; wir geben sie gerne mit fröhlichem Sinn! —
und mache sie heilig und selig wie dein's, und mach'
sie auf ewig mit deinem nur eins!

59. Preis des Hirtenstandes.

Was kann schöner sein, was kann edler sein,
als von Hirten abzustammen? Da zu alter Zeit arme
Hirtenleut' selbst zu Königswürden kamen. **Moses**
war ein Hirt mit Freuden, **Joseph** mußt' in Sichem
weiden; ja der **Abraham** und der **David** kam von
der Heerd und grünen Weiden. Sieh', der Herr der
Welt kommt vom Himmelszelt, um bei Hirten einzu=

kehren. Laßt uns jeder Zeit arme Hirtenleut' halten
d'rum in großen Ehren! Die auf Seid' und Gold sich
legen, sollten billig noch erwägen, daß der Hirten Tracht
Christus nicht veracht', und in Krippen dargelegen.

60. Das Himmelskind.

Viel Kindlein sind geboren, seitdem die Erde
steht, seit dem die Monde wandeln, und Stern um
Stern sich dreht. Viel Kindlein waren lieblich seit=
dem es Kindlein gibt, seit dem die Mutterliebe das lieb=
lichste geliebt. Viel Kindlein sind gestorben, seitdem
das erste starb, darunter wohl auch manches der Ehre sich
erwarb. Viel Kindlein sind gekommen ins Himmels=
paradies, seitdem der Herr des Himmels den guten
— Lohn verhieß. Doch keines ward geboren, und kein's
so lieb und werth, und kein's in Gottes Himmel so
dankte hochgeehrt, als **das**, das in der Krippe zu
Bethlehem einst lag. — Du **Himmelskind**, dir
folge ein jedes Kindlein nach.

61. Gebet an den heiligen Christ.

Du lieber, heil'ger, frommer Christ,
der für uns Kinder kommen ist, damit wir sollen
weis' und rein und rechte Kinder Gottes sein;
du Licht, vom lieben Gott gesandt in unser dunkles
Erbenland, du Himmelskind und Himmels=
schein, damit wir sollen himmlisch sein; du lieber,
heil'ger, frommer Christ, weil heute dein Geburts=
tag ist, d'rum ist auf Erden weit und breit bei allen

Kindern frohe Zeit. O segne mich! ich bin noch
klein, o mache mir den Busen rein! o bade mir
die Seele hell in deinem reichen Himmelsquell! daß
ich wie Engel Gottes sei, in Demuth und in Liebe
treu, daß ich dein bleibe für und für, du heil'ger
Christ, das schenke mir!

62. Weihnacht-Hymne.

Selige Weihnacht du, Christ ist geboren! Erde und
Himmel du, jauchzt dem Erlöser zu, Christ ist geboren!
Nun blüht das Himmelreich auf allen Wegen, es bringet
Arm und Reich Frohes entgegen. Selige Weihnacht du,
Christ ist geboren!

63.

O du fröhliche, o du selige, gnadenbringende Weihnachtszeit! Welt ging verloren, Christ
ward geboren: Freue, freue dich, Christenheit! O
du fröhliche, o du selige, gnadenbringende
Weihnachtszeit, Christ ist erschienen, uns zu
versühnen. Freue, freue dich, Christenheit! O du
fröhliche, o du selige, gnadenbringende Weihnachtszeit! Himmlische Heere jauchzen dir Ehre:
Freue, freue dich, Christenheit!

64.

Den die Engel droben mit Gesange loben, dem
sie ewig dienen, der ist uns erschienen. Er will für
uns leben, seinen Geist uns geben; er will für uns

sterben, daß wir mit ihm erben.. Arm ward Er geboren, uns, die wir verloren, mit sich selbst zu füllen,
uns're Noth zu stillen. Freuet euch deß Alle; singt
mit großem Schalle! Jauchzt, ihr Cherubinen,
und ihr Seraphinen! Du auch, meine Seele, sein-
en Ruhm erzähle! Meines Leibes Glieder, singt
ihm Freudenlieder.

65. Des guten Kindes Dank.

Dank Euch, ihr Eltern! mit freundlicher Güte
habt ihr das Kind jetzt durch Gaben erfreut, und in
dem Herzen, wo Liebe Euch glühte, regt sich ein
Etwas, das Dank mir gebeut.

Zwar nur mit Worten vermag ich zu danken, und
nicht mit Gaben von höherm Werth, aber sie kommen
aus meinen Gedanken, weil mir die Sprache der
Liebe sie lehrt.

Vater im Himmel, erfreue sie wieder, sie,
die so gerne viel Gutes mir thun; laß sie sich erfreu'n
der höchsten der Güter, laß deinen Segen auf ihnen
stets ruh'n.

———

Des Kindes Neujahrs-Feier.

66. Jahreswechsel.

Zeit vergehet, Jahr um Jahr, Gottes Huld
bleibt immerdar; sein getreues Auge wacht über mir
in jeder Nacht; seine Liebe gehet auf neu mit jedes

Tages Lauf; seine Vaterhand erhält Sonne,
Mond und alle Welt, sieht, bewahrt, erhält
auch mich, liebet mich so väterlich.

67. Des Kindes Dank.

Das Jahr ist hin, und Gott, durch deinen Segen
genossen wir des Guten viel! Du warest unser Gott
auf allen unsern Wegen, du brachtest glücklich uns
ans' Ziel.

Mit kindlich frommem Sinn erhebe ich deine
Güte, die unsichtbar mir nahe war, und bringe dir
mit freudigem Gemüthe die Opfer meines Dankes
dar!

Du schenkst mir noch die besten Eltern beide,
sie leben noch zu meinem Glück. Du standest ihnen
bei und schütztest sie vor Leide, und hieltest ihren
Tod zurück.

O lohne doch, du lieber Gott, auf's Neue der
guten Eltern redliches Bemüh'n, und segne du die
liebevolle Treue, womit sie mich zum Guten auf-
erzieh'n.

Erhalte du sie mir noch lange Jahre, sei du
ihr Trost, wenn Leiden droh'n, und schenke du dem
mir so theuren Paare, Gott, deines Segens besten
Lohn.

Ich will durch Folgsamkeit und gute Sitten
für ihre Liebe täglich sie erfreu'n. O Vater, höre
du mein kindlich Bitten, stets ihrer Liebe werth zu
sein.

68. Das Kind am Neüjahrstage.

Mit frommen Wünschen grüß'ich ihn, den ersten Tag im Jahr, und danke Gott, der ihn verleih'n, der mein Erhalter war. Der meine Eltern leben ließ, und der auf ihrem Pfad der Freüden viele blühen ließ, um die ich kindlich bat. Wohl mir, daß ihre Liebe mich zum Guten sanft erzieht; daß für mein wahres Wohlsein sich ihr zärtlich Herz bemüht! O segne, segne sie dafür, du, der im Himmel wohnt! Mit Glück und Freüde sei von dir, Gott, was sie thun, belohnt. Erhalte sie, damit sie spät sich ihres Kinde's freü'n! Erhör', und laß auch dies Gebet dir wohlgefällig sein.

69. Neüjahrwunsch.

Zu Gott, in dessen Vaterhand die Weltgeschicke liegen, der seinen Sohn zur Erd' gesandt, die Sünde zu besiegen — zu ihm mag heüt' ein frommer Chor von heißen Wünschen steigen. Mög' gnädig er sein Vaterohr zu seinen Kindern neigen! Mein Flehen heiß' zum neüen Jahr: Begleit', o Gott, mein Elternpaar auf seinen Lebenswegen mit deinem besten Segen.

70. Neüjahrlied.

Das neue Jahr brach schon herein mit seinem milden Schein. D'rum steigen heüt' der Wünsche viel zum Himmel auf, Gott ist ihr Ziel, **schenk, Herr, den Eltern Heil und Glück!**

Gefundheit schenke gnädiglich, Herr, darum bitt' ich dich, in diesem neüen Lebensjahr, dem vielgeliebten Elternpaar!

Schenk 2c.

Zufriedenheit, dies höchste Gut, und unverdroß'nen Muth, die wollest du uns stets verleih'n, und uns ein lieber Vater sein!

Schenk 2c.

71. Zum Neüjahr.

Das neüe Jahr ist angekommen, die Nacht hat's alte mitgenommen. **Wir** aber sind noch hier geblieben, d'rum will ich dich (euch) nun doppelt lieben, will Alles Gute behalten vom alten, und dich (euch) mit Neuem erfreü'n im **neuen.**

72.

Viel Schönes bringt ein jedes Jahr, viel Schönes nimmt's zurück, doch **Euch,** Geliebte, immerdar entbiete dieses neüe Jahr nur Schönes und nur Glück.

Vom lieben Gott erfleh' ich's Euch, der stets uns Vater war, daß, wie der Himmel sternenreich, sich so an hellen Freüden gleich verbleibe dieses Jahr.

73.

Ein neües Jahr hat angefangen, der liebe Gott hat's uns geschenkt, viel hundert Jahr sind hingegangen, seit er an seine Menschen denkt. Und hört nicht auf für sie zu sorgen, und wird nicht müde, was

er thut, und weckt und stärkt uns alle Morgen, und
giebt so **viel** und ist so **gut.**

Und sieht auch heüt vom Himmel nieder, auf mich
und jedes kleine Kind, und hilft auch dieses Jahr
uns wieder, so lang wir gut und folgsam sind. Du,
lieber Gott, kannst Alles machen, willst du mich
machen treü und gut? Willst du mich dieses Jahr be-
wachen, daß **nie** dein Kind was Böses thut?

74.

Willkommen, liebes junges Jahr, mit deinen
Augen frisch und klar, mit deinem raschen, frohen
Schritt, sag' an: was bringst du Schönes mit?

Vom Himmel her, da kommt dein Gang, d'rum
ist mir vor dir gar nicht bang; du bist vom lieben
Gott bestellt, und bringest frohen Gruß der Welt.

Und was du trägst in deiner Hand, das ist ein
theüres Liebespfand, sei's Regen oder Sonnenschein, es muß zu unserm Segen sein.

Die Frühlingspracht, die lieb ich sehr, die
Ros' im Sommer noch weit mehr, im Herbst des
Pfirsichs weichen Flaum, am höchsten doch den **Weih-
nachtbaum.**

Dieß Alles aber bringst du mit, und führst uns
näher Schritt für Schritt. Wie lieb ich dich, du
junges Jahr, mit deinen Augen frisch und klar!

75.

In Gottes Namen fangen wir das neue Jahr

nun an; du lieber Gott, ich fleh' zu dir: Führ'
mich auf deiner Bahn. Sei in Gefahr und Noth mein
Schutz und was du schickst sei mir zu Nutz. Aus
deiner Hand kommt Leid und Glück, d'rum dir be-
fehl' ich mein Geschick.

Mein Gott, sei auch im neuen Jahr mit mir und
meinen Lieben. Sei mein Beschützer in Gefahr,
laß dein Gebot mich üben. Muß weinen ich, darf
mich nicht freu'n, bleib du stets mein Berather, ich
will dein treues Kind stets sein, bleib du mein guter
Vater!

Winterbilder aus der Thier- und Pflanzenwelt.

76. Spatz und Katze.

Wo willst du denn den Winter bleiben? sprach
zum Spätzchen das Kätzchen. Hier und dorten,
aller Orten, sprach gleich wieder das Spätzchen.

Wo willst du denn zu Mittag essen? sprach zum
Spätzchen das Kätzchen. Auf den Tennen mit den
Hennen, sprach gleich wieder das Spätzchen.

Wo willst du denn die Nachtruh halten? sprach
zum Spätzchen das Kätzchen. Laß dein Fragen, will's
nicht sagen, sprach gleich wieder das Spätzchen.

Ei, sag mir doch, du liebes Spätzchen! sprach
zum Spätzchen das Kätzchen. Willst mich holen —
Gott befohlen! fort flog eilig das Spätzchen.

77. Vogel vor der Scheuer.

Im Felde draußen da gibt's nichts mehr; der
Schnee deckt Alles weit um her. Da hörten wir euren
Drescherschlag, und ziehen dem lieben Klange nach.
Manch Körnlein springt wohl aus der Tennen, das
könnt ihr uns armen Vögeln gönnen.

Die Drescher d'rin schlugen nach dem Takt,
manch Schäffel Korn ward eingesackt. Das gab wohl
Brod genug für's Haus; Manch' Körnlein sprang
den Hof hinaus, das ließen die Vögel auch nicht liegen,
sie holten es schnell mit Hüpfen und Fliegen.

78. Das Vögelein im Winter.

Armes Vög'lein, wie zerzaust sitzest du im Neste!
Ach, der böse Winter saust ringsum durch die Aeste.
In der schönen Sommerszeit war das Nest um-
laubet; aber jetzt ist's überschneit und das Dach
geraubet. Als es schöner Sommer war, sangest
du in Freuden, und es tönte wunderbar in den Laub-
gebäuden. Aber jetzt ist mir dazu alle Lust vergangen;
Stumm und traurig lässest du nun das Köpflein
hangen. Hoffe, liebes Vögelein, sei nur nicht beklommen, Lust und Licht und Sonnenschein
wird bald wiederkommen. O dann spielst du voller
Lust in den Zweigen wieder, und auf's Neu' aus froher
Brust singst du deine Lieder!

79. Der Sperling.

Was weckt mich aus dem Schlummer? Welch

Stimmchen hört mein Ohr? Bist du es kleiner Sperling? Treibt's dich so früh empor? Eisblumen
blüh'n am Fenster, die Felder deckt der Schnee. Such'st
du dir keine Körnlein? Thut dir der Hunger weh?
Ich ruh' im warmen Bette, du fühlst den Winter-
frost — o komm nur, armes Thierchen, ich reich'
dir deine Kost. Der über Wolken thronet, speist auch
das Vögelein, und du an seiner Tafel sollst nicht
vergessen sein.

80. Vom Vögelein im düstern Wald.

Vöglein wohnt im düstern Wald, fliegt da hin
und her; Vöglein singt, wie kalt, wie kalt, hier im
öden, düstern Wald! Ach, mich frieret sehr!

Spricht das Kind zum Vögelein: komm auf
meinen Arm! sollst mein kleiner Liebling sein,
wärmen dich im Stübchen mein, o wie warm, wie
warm!

Vöglein fliegt herbei geschwind, singt: Will mit,
will mit! O du liebes, gutes Kind, armen Vöglein
holdgesinnt, nimm mich mit, ich bitt!

Willst du nun das Vöglein sehn, hören wie es
singt? Siehst du dort das Häuschen stehn? O wie singt
das Vöglein schön! Wie das lustig klingt!

81. Vogel am Fenster.

An das Fenster klopft es: pick! pick! Macht mir
doch auf einen Augenblick. Dicht fällt der Schnee,
der Wind geht kalt; habe kein Futter, erfriere bald;

lieben Leute, o laßt mich ein, will auch immer recht
artig sein, sie ließen ihn ein in seiner Noth, er suchte
sich manches Krümmchen Brod, blieb fröhlich manche
Woche da, doch als die Sonne durch's Fenster sah, da saß
er immer so traurig dort, sie machten ihm auf, husch,
war er fort!

82. Der Rabe.

Was ist das für ein Bettelmann? Er hat ein
kohlschwarz Röcklein an, und läuft in dieser Winterzeit vor alle Thüren weit und breit, ruft mit be-
trübtem Ton: Rab! Rab! gebt mir doch einen
Knochen ab. Da kam der liebe Frühling an, gar
wohl gefiel's dem Bettelmann! Er breitete die Flügel
aus und flog dahin weit über's Haus; hoch aus der
Luft so frisch und munter: „Hab Dank! hab Dank!"
rief er herunter.

83. Dachs und Igel.

(Dachs.) Hu, hu, Freund Igel! schon wird es
kalt, das Feld steht leer und kahl der Wald, der Regen
plätschert, der Wind geht hohl; ich kriech in mein
Loch. Ade! Lebe wohl.

(Igel.) Ade, Freund Dachs! Schlaf wohl!
Auch ich streck auf mein Bett von Blättern mich.
Bald sind sie entschlafen. Ein dichter Schnee bedecket die
Fluren und Eis den See; doch ihren festen Schlummer
bricht des Sturmes Toben, die Kälte nicht.

84. Der Igel.

Bei Wintersanfang kam der Igel einmal an einen Maulwurfshügel, und sprach zum Maulwurf: Vetter, es ist jetzt rauhes Wetter, laß mich doch zu dir ein! ich will recht artig sein. Der Maulwurf sagte: Meinetwegen magst du dich in die Höhle legen. Kannst du dich in der engen regen, so hab' ich auch g'rab nichts dagegen. Allein der neue Stachelgast war unserm Maulwurf bald zur Last. Der Igel streckt sich in die Länge, versperrt dem Maulwurf seine Gänge. Am stachligen Gesell zerstach er sich das Fell, und bat daher den groben Vetter, er möchte sich ein bischen netter zusammenrollen; doch dem Schwager gefiel es auf dem weichen Lager. Der schwache Maulwurf mußte schweigen und seinem plumpen Vetter weichen und sehen, wo er unterkam, weil er den Groben zu sich nahm.

85. Der Knabe und das Eichhörnchen.

Ich weiß, daß du gerne Nüsse hast, so komm, Eichhörnchen, bei mir zu Gast! Eichhörnchen spricht: das mag ich nicht! Denn käm' ich einmal in dein Haus, ich käme wohl nimmer wieder heraus? Der Knabe spricht, o fürcht' dich nicht! mit allem, was nur gut dir schmeckt, wird täglich dir der Tisch gedeckt! Eichhörnchen spricht: das brauch' ich nicht! Gefangen sein bei Leckerbissen, davon will ich, mein Kind nichts wissen! Viel lieber bleib' im Wald ich hier und

such' die Nüsse selber mir; von Ast zu Aste hüpf' ich
frisch und deck' im Freien mir den Tisch! Mehr, als
ich brauche, find ich noch, wenn ich nur suche spät
und früh, und, was man selbst mit Fleiß und Müh'
verdient, das schmeckt am Besten doch.

86. Die Geis und das Geiselein.

Kind, sprach die alte Mutter Geis, ach, liebes Kind,
geh' nicht auf's Eis, du könntest sonst ein Beinchen
brechen. „Wie könnt ihr doch so albern sprechen? bin
alt genug, werd' schon behutsam sein, man ist jetzt klüg=
er als vor Zeiten.“ „Nun, nun, ich will nicht mit
dir streiten; so geh' denn, liebes Geiselein.“ Es ging
und fiel und brach ein Bein.

87. Das Geiselein.

Es war einmal eine Geis, der war's zu wohl im
Stall'. Da ging sie hin auf's Eis und that einen bösen
Fall. Da kam das alte Mütterlein und sprach: du
dummes Geiselein! hättest wohl können vorsichtig
sein! sieh, nun hast du gebrochen ein Bein! Ach, sprach
das arme Geiselein, ach, allerliebstes Mütterlein!
hätt ich gewußt, wie's Beinbrechen that, ich
nimmermehr so gesprungen hätt. Das merk' sich
wohl die Jugend an! Bald ist ein kecker Streich ge=
than und reut den Thäter hinter her. Hätt's noch zu
thun, thäts wohl nicht mehr.

88. Der Tannenbaum.

O Tannenbaum, o Tannenbaum, wie treü sind deine Blätter! Du grünst nicht nur zur Sommerzeit, nein auch im Winter, wenn es schneit. O Tannenbaum, o Tannenbaum, du kannst mir sehr gefallen; wie oft hat nicht zur Winterzeit ein Baum von dir mich hoch erfreüt! O Tannenbaum, o Tannenbaum, dein Kleid will mich was lehren. Die **Hoffnung** und **Beständigkeit** gibt Trost und Kraft zu jeder Zeit.

89. Das Lied vom Wintergrün.

Epheü, Epheü, Wintergrün! Freündlich anzuschauen! Gärten, Feld und Wald verblüh'n und die schönsten Auen; aber du erhebst dein Haupt immer jung und frisch belaubt.

Epheü, Epheü, Wintergrün! freündlich anzuschauen! Mit des Frühlings Schimmer rankest du so schlank und kühn dich um morsche Trümmer, rauschest um die Felsenkluft, säuselst an der stillen Gruft.

Epheü, Epheü, Wintergrün! freündlich anzuschauen! Um des Eichbaums Rinde schlingt dein immer frisches Grün üppig sein Gewinde; auf dem Scheitel Schnee und Eis stehet er, des Waldes Greis.

Epheü, Epheü, Wintergrün! freündlich anzuschauen! Unverwelflich Leben, das Natur dir treü verlieh'n, warum ward's gegeben? Sieh, es

starb der Hain, die Flur; Epheu spricht: Sie
schlummern nur.

Epheu, Epheu, Wintergrün! freundlich
anzuschauen! Trotzest allen Wettern; mag des Lenzes
Schmuck verblüh'n, nichts wird dich entblättern.
Ruht erstarrt das Saatgefild, bist du treuer **Hoffnung** Bild!

90. Der junge Baum und der Wind.

Der junge Baum. Gemach, Herr Wind, gemach! — O weh! du siehest ja, daß ich allein hier
steh'! An Eichenwäldern mag dein wilder Zorn sich
rächen! Ich bin ein junger Baum, du wirst mich noch
zerbrechen!

Der Wind. Ein junger Baum bist du? —
Gut, lieber junger Baum! Um desto mehr kannst du
dich schmiegen. Sieh dort die alten Bäume liegen, noch
faßt ich sie nur kaum. Nur fein Geduld! Je mehr
ich dich zerzausen werde, je fester wurzelst du dich
in die Erde.

Der Mensch im Winter.

91. Sei barmherzig.

Wer klopft so spät bei Schnee und Wind? Es ist
ein Vater mit seinem Kind! Ach gute Leut', schließt
auf das Haus, wir sind verirrt, die Nacht ist graus.
Schnell öffnet die Thür Hausmütterlein, „Ihr

Armen, kommt und tretet ein! Sie jammert Weiber, führt sie in's Stübchen, trocknet ihnen die Kleider, kocht ihnen ein Süppchen; gibt ihnen ein Bett dann gleich, d'rin schlafen sie warm und weich. Als Morgens erwachen Vater und Kind, wie wohl ist ihnen! Wie glücklich sie sind! Zehnmal drücken sie, voll Dank und Freude, beim Scheiden die Hände der guten Leute.

92. Feindesliebe.

Im tiefen Schnee liegt Fridolin, schon halb erfroren, wie's scheint. Kommt Oswald daher und siehet ihn; der Fridolin war sein Feind. „Magst du mein ärgster Feind auch sein," denkt Oswald: „Du bist in Noth!" — Er trägt ihn in's nächste Haus hinein und rettet ihn von dem Tod.

93. Winterleiden.

Der kalte Wind braus't durch den Wald, das Vöglein sucht des Menschen Haus. Im Feld ist alles leer und kalt. Werft ihm ein Bröcklein doch hinaus, O hört, wie Fink und Spätzlein schrei'n; die armen Vöglein frieren sehr! Mit Schnee bedeckt ist Flur und Hain; sie flattern hungrig hin und her.

Wenn ihr am warmen Ofen sitzt, mit Wolle rundum angethan, beim heißen Kaffe manchmal schwitzt — so denkt auch an den armen Mann: sein ödes Häuschen, dachlos, läßt den Sturm an manchem Ritz herein; und wie der kalte Wind auch bläs't, ihn mildert nicht des Ofens Schein.

3*

Zerriff'ne Leinenlappen sind der einz'ge Schutz
für seinen Leib; im Bett von Stroh, ein krankes Kind;
— es weint vor Frost sein armes Weib; kein Geld
zum Holzkauf, ach, kein Brod! Der Hunger ist ein
scharfes Schwert! O lindert doch des Armen Noth,
wenn euch ein beff'res Loos bescheert!

Des Winters Strenge; Gott im Winter.

94. Winterlied.

Keine Blumen blüh'n; nur das Immergrün
blickt durch Silberhüllen; nur das Fenster füllen
Blümchen, schneeig weiß, aufgeblüht aus Eis. Ach,
kein Vogelsang tönt mit frohem Klang; nur die
Winterweise jener kleinen Meise, die am Fenster
schwirrt und um Futter girrt. Freude flieht den
Hain, wo die Vögelein sonst im grünen Schatten ihre
Nester hatten; Freude flieht den Hain, kehrt in's
Zimmer ein. Kalter Januar! Hier werd' ich fürwahr
unter Scherz und Spielen, deinen Frost nicht
fühlen. Walte immerdar, kalter **Januar!**

95.

Winterzeit, kalte Zeit, aber Gott schenkt warmes
Kleid, dichten Schnee der kahlen Erde, warmes
Wollenfell der Heerde, Federn, weich, den Vogel-

schaaren, daß sie keine Noth erfahren. Menschen, Haus und Herd auch euch; lobt ihn, der so gnadenreich.

96.

Der Winter ist ein harter Mann, er sperrt in's Zimmer Jung und Alt. Am warmen Ofen sitzt man gern, denn draußen ist es rauh und kalt. Gestorben ist der Bäume Laub, erbleichet ist der grüne Klee; die Blumenbeete liegen todt, und Alles decket weißer Schnee.

97.

Der Winter ist ein kalter Christ mit scharfem Eiseszahn. Doch wenn man warm gekleidet ist, stößt man sich nicht daran. Man zieht die Schlittschuh hurtig an und spottet sein auf glatter Bahn; d'rum jauchzet dem Winter froh, hurrah!

Nun schüttelt Gott durch's große Sieb den Schnee auf Flur und Haus; doch, wenn kein Flöckchen oben blieb, wir stürmen frisch hinaus: wir formen einen Schneemann d'raus und lachen diesen Tölpel aus und jauchzen dem Winter froh, hurrah!

Der Bach ist spiegelglatt, und klar des Eisstuhls blanke Bahn. Wir fliegen rasch, gleich wie ein Aar, zum Ziele froh hinan. Doch nehmt die Pike wohl in Acht, weil sie gar tiefe Wunden macht; sonst ist es, sonst ist's vorbei. Hurrah!

Des Winters herrlichster Genuß bleibt doch die

Schlittenfahrt; es ist 'ne wahre Herzenslust, so recht nach Polenart im Schlitten fahren, kling kling kling! Ach, wenn's doch nicht zu Ende ging mit Schlitten und Schellen und Peitschenknall! hurrah!

Doch jedes Ding hat seine Zeit. Wir ehren auch die Pflicht; sie ruft uns in die Winterfreud': vergeßt der Arbeit nicht! D'rum hängt die Schlittschuh an die Wand, und nehmt die Bücher frisch zur Hand, und eilet zur Schule mit Hurrah!

98.

Der Winter ist ein geschickter Mann, weiß streicht er die Bäche und Felder an. Der Winter ist auch ein Juwelier und mit Rubinen, Diamant, Saphir verziert er Stauden und Gras und Schilf, gewährt ihm die Sonn' ein wenig Hülf'. Auch ist der Winter ein Zimmermann, der feste Brücken erbauen kann. Er baut sie auch wohl in Einer Nacht, das hat noch Keiner ihm nachgemacht. Und was noch weiter kein Zimmermann ihm nachthun will und nachthun kann, er baut die Brücke der Länge nach, deckt ganze Flüsse mit Einem Dach. Ein guter Schreiner ist er auch, kocht ohne Feuer und ohne Rauch und ohne Pfanne sich seinen Leim, und leimt zusammen Stein und Bein. Und wie geschickt er als Gärtner ist, wo Niemand pflanzet und Niemand gießt, läßt er über Nacht die Blumen blüh'n und stellt sie Morgens an's Fenster hin. Du fragst, von wem er das Alles lern'? Das hat er Alles von meinem Herrn. Ach, pflanzt er dem

so Vieles ein; was wird er **mir**, seinem Kind,
verleih'n!

99.

Wie ruhest du so stille in deiner weißen Hülle, du
mütterliches Land! Wo sind die Frühlingslieder,
des Sommers bunt Gefieder und dein beblümtes
Festgewand? Du schlummerst nun, entkleidet,
kein Lamm, kein Schäflein weidet auf deinen Au'n
und Höh'n. Der Vögel Lied verstummet, und keine
Biene summet; doch bist du auch im Schlummer schön.
Die Zweig' und Aestlein schimmern, und tausend
Lichlein flimmern, wohin das Auge blickt! — **Wer**
hat dein Bett bereitet, die Decke dir gespreitet, und
dich so schön mit Reif geschmückt? Der gute Vater
droben hat dir dein Kleid gewoben, er schläft und
schlummert nicht. So schlumm're denn im Frieden!
Der Vater weckt die Müden zu neuer Kraft und
neuem Licht. **Bald**, in des **Lenzes** Wehen, wirst
du verjüngt erstehen zum Leben wunderbar! Sein
Odem schwebt hernieder, dann Erd' erstehst du wieder
mit einem Blumenkranz im Haar.

100.

Das Feld ist weiß, so blank und rein, ver=
goldet von der Sonne Schein; die blaue Luft ist
stille. Hell, wie Krystall blickt überall der Fluren
Silberhülle.

Der Lichtstrahl spiegelt sich im Eis. Es

flimmert blau und roth und weiß und ändert seine Farbe. Aus Schnee heraus ragt nackt und kraus des Dorngebüsches Garbe.

Von dickem Reif befiedert sind die Zweige rings, die sanfte Wind' im Sonnenstrahl bewegen. Dort staubt vom Baum der Flocken Flaum, wie leichter Blüthenregen.

Tief sinkt der braune Tannenast, und drohet mit des Schnees Last den Wand'rer zu beschütten; vom Frost der Nacht gehärtet, kracht der Weg von seinen Tritten.

Das Bächlein schleicht von Eis beengt, voll langer, blauer Zacken hängt das Dach; es stockt die Quelle; im Sturze hart, zu Glas erstarrt des Wasserfalles Welle.

Die blaue **Meise** piepet laut, der muntre **Sperling** pickt vertraut die Körner von der Scheune; der **Finke** hüpft, der **Ammer** schlüpft durch blätterlose Bäume.

Mit meinem Schlitten hügelan steig' ich und fahr' auf glatter Bahn hinunter froh in's Weite, und preise **den**, der rings so schön die Silberflocken streute.

101.

Nicht, lieber Frühling, dir allein will ich nur frohe Lieder weih'n; den Winter preis' ich auch, er ist so schön und reizend, wie du bist.

Zwar Nachtigallen hat er nicht, nicht Rosen

und Vergißmeinnicht. Auch fächelt uns kein Abend-
wind auf grünen Fluren sanft und lind.

Indessen läßt sich doch auch schön auf den be-
schneiten Wegen geh'n, und für den grünen geb' ich
kaum den silberweiß bereiften Baum.

Die Sonne scheint auch mild und gut, und macht
den Armen frohen Muth; doch, seh' ich erst auf's
Sternenheer, so glänzt's im Sommer nimmermehr.

Frei liegen nun, so fern' als nah' die kleinen Bau-
ernhütten da. In ihnen wohnt Zufriedenheit und
unverfälschte Redlichkeit.

Kühn gleitet dort ein Knabenheer auf spiegel-
glattem Eis einher, die frische Luft füllt ihre Brust
mit Stärke, Munterkeit und Lust.

Wie Diamanten blitzt der Schnee, wenn ich im
Sonnenscheine geh', und komm' ich solchen Flittern
nah', so liegen zarte Sternchen da.

Ja, schön ist auch des Winters Zeit! Der Erde
silberweißes Kleid bedeckt die Saat, gibt Schlittenbahn; **was Gott thut, das ist wohl-
gethan.**

102.

Singt Gottes Lob im Winter auch; er ist so treu
und gut, er nimmt vor Frost und Sturmeshauch die
Saat in seine Hut.

Er deckt sie mit dem Schnee so dicht, so weich, so

ſicher zu; ſie merkt den harten Winter nicht und ſchläft in ſtiller Ruh.

Singt Gottes Lob zur Winterszeit; er iſt ſo treü ſo gut; er ſchenkt dem Sperling warmes Kleid und warmes, raſches Blut.

Er zeiget ihm ſein Futter an, ein Körnlein hie und da, und führt ihn, daß er's finden kann, auf Wegen fern und nah.

O, lobet **Gott** den Winter lang; er iſt ſo **treü** und **gut**, und führt auch eürer Füße Gang und gibt euch frohen Muth.

Und ſchenkt euch guter Gaben viel' für euren Leib und Geiſt, ſchenkt **Kraft** zum Fleiß und **Luſt** zum Spiel und **Glauben** allermeiſt.

103.

Der Winter iſt ein rechter Mann, kernfeſt und auf die Dauer, ſein Fleiſch fühlt ſich wie Eiſen an; und ſcheut nicht ſüß nicht ſauer. Er zieht ſein Hemd im Freien an und läßt's vorher nicht wärmen; er ſpottet über Schmerz im Zahn und Krankheit in Gedärmen. Aus Blumen und aus Vogelſang weiß er ſich Nichts zu machen, haßt warmen Trank und warmen Klang, und alle warmen Sachen. Doch wenn die **Füchſe** bellen ſehr, wenn's Holz im Ofen knittert, und um den Ofen Knecht und Herr die Hände reibt und zittert; wenn Stein und Bein vor Froſt zerbricht, und Teich und Seen krachen: Das klingt ihm gut, das haßt er nicht, dann will er todt ſich lachen. Sein Schloß von

Eis liegt ganz hinaus beim Nordpol an dem Strande; doch hat er auch ein Sommerhaus im lieben **Schweizerlande.** Da ist er denn bald dort, bald hier, gut Regiment zu führen, und wenn er durch= zieht, stehen wir und seh'n ihn an und — frieren.

104.

Auch für den Winter danken wir, Herr, unser Gott, und Vater, dir; nicht für der Felder Segen nur, auch für den Schlummer der Natur. Still liegt, gehüllt in's Schneegewand, rings um uns her das öde Land. Seht dort, den Bach, zu Glas erstarrt, hangt an dem Felsen stumm und hart. Bei dieser Stille pflegst geheim, du, o Natur, den Samen= keim, den Lenzeshauch entfalten soll; selbst deine Ruh' ist segensvoll. Bild, schönes Bild vom Menschenloos! Birg, Grab, den Leib in stillem Schooß, doch wird hervor er einstens geh'n, und schön **verklärt** sich **ewig** seh'n.

Des Winters Entweichen.

105. Rückblick auf den Winter.

Im strengsten Winter hat uns Gott gekleidet und ernährt, hat uns Gesundheit, Muth und Kraft und Freude g'nug gewährt. Hat auch dem Vög'lein Tag für Tag sein Futter hingestreut.

Dankt, Brüder, dankt dem guten Gott für seine
Freundlichkeit!

106. Der Schneemann.

Der schöne Schneemann, ei, wie groß; ein
riesenmäßiger Koloß! Doch, ach, die liebe Sonne
scheint, und er zerrinnt, eh' man's gemeint. Ihm
gleicht ein eitler, leerer Kopf. Von weitem glänzt
der arme Tropf: doch der Verstand beleucht' ihn nur,
so schmilzt die schimmernde Figur.

107. Schneemanns Drohung.

Seht den Mann, o große Noth, wie er mit dem
Stocke droht! Gestern schon und heute noch, aber
niemals schlägt er doch. **Schneemann**, bist ein
armer Wicht, hast den Stock und wehr'st dich nicht.
Freilich ist's ein armer Mann, der nicht schlagen
und laufen kann. Schleierweiß ist sein Gesicht;
liebe Sonne, scheine nur nicht, sonst wird er gar wie
Butter weich und zerfließt zu Wasser gleich.

108. Des Schneemanns Klage.

Was helfen mir die Pelze? Ich armer Mann,
verschmelze. O weh, schon kommt ein warmer Hauch,
der nimmt mir fort auch meinen Bauch. Bald geht's
beim Sonnenscheine mir gar auch an die Beine. Wie
kann ich dann noch stehen! Ich muß, ich muß zer-
gehen! Ach, wär' ich armer Schlucker doch wenigstens
von Zucker, daß dann ein gutes Kindlein käm'

und mich mit sich nach Hause nähm'! Nicht wahr,
mein Kind, auch dir wär's recht, (du weißt ja, Zucker
schmeckt nicht schlecht), wenn all' der Schnee hier um dich
her, nur lauter, lauter Zucker wär'?

109 Schneemanns Schicksal.

Schneemann dort am Gartenzaune hat gar eine
üble Laune. Steht er dort den ganzen Tag, weiß nicht,
was er reden mag. Und die Sonne blickt und blitzt,
daß er wie ein Kranker schwitzt. Weil der Himmel
ist so blau, wird er vor Verdruß schier grau; weil die
Wiesen werden grün, ärgert er sich schmal und dünn.
Schneemann ist in großer Noth, denn es winkt ihm
schon der Tod. Kommen dann die schwarzen Raben,
um die Leiche zu begraben. Und Schneeglöcklein
will vor Freuden ihm das Sterbeglöcklein läuten,
und die Lerch' vor allen Dingen, ihm ein Schlummer-
liedchen singen. Aber wo ist er zu finden? Vorne
nicht und auch nicht hinten; freilich, weil ihm ganz zer-
brochen an der Sonne seine Knochen, weil zu Wasser
er zerronnen an dem Glanz der gold'nen Sonnen.
Kommt der Storch dazu geflogen, und die Schwalbe
hergezogen, fragen nach dem todten Mann; Niemand
von ihm sagen kann. Wälzt der Storch mit seinem
Bein an den Baum hin einen Stein; und die Schwalbe
mit dem Schnabel schreibt darauf die ganze Fabel: Hier
liegt Einer, der im Leben weiter keinen Taug gegeben, der sich, faul und sehr verstockt, lebenslang
dahergehockt. Und damit er doch nicht länger bleiben

soll ein Müssiggänger, und ein Griesgram und
ein Hasser, schmolz der Frühling ihn zu Wasser, und
damit will er begießen all' die Blumen auf den
Wiesen, daß sie weiß und gelb und grün, euch zur
Lust und Freude blüh'n.

110. Das arme Vögelein.

Ein Vogel ruft im Walde, ich weiß es wohl,
wornach? Er will ein Häuschen haben, ein grünes,
laubig Dach.

Er rufet alle Tage, und flattert hin und her;
und in dem ganzen Walde hört Keiner sein Begehr.

Und endlich hört's der Frühling, der Freund
der ganzen Welt, der gibt dem armen Vög'lein ein
schattig Laubgezelt.

Wer singt im hohen Baume so froh vom grünen
Ast? Das thut das arme Vöglein aus seinem Laubpalast.

Es singet Dank dem Frühling für das, was er
beschied, und singt, so lang' er weilet, ihm jeden
Tag ein Lied.

111. Des Winters Flucht.

Dem Winter wird der Tag zu lang, ihn
schreckt der Vögel Lustgesang; er horcht und hört's mit
Gram und Neid; und was er sieht, das thut ihm
Leid; er flieht der Sonne milden Schein, sein eigner
Schatten macht ihm Pein; er wandelt über grüne
Saat und Gras und Keime früh und spat: Wo ist
mein silberweißes Kleid? Mein Hut mit Demant

staub beschneit? Er schämt sich wie ein Bettelmann,
und lauft, was er nur laufen kann. Und hinterdrein
scherzt Jung und Alt in Luft und Wasser, Feld
und Wald; der **Kibitz** schreit, die **Biene** summt,
der **Kukuk** ruft, der **Käfer** brummt; doch weil's
noch fehlt an Spott und Hohn, so quakt der **Frosch**
vor Ostern schon.

112. Bei der Ankunft des Frühlings.

Bald ist der Winter ganz vorbei, schon schmelzen
Schnee und Eis, die Lüfte sind von Flocken frei, die
Felder nicht mehr weiß. Und bald, o lieber Frühling,
bald grünt Garten, Feld und Hain; dann hören wir
im grünen Wald den Kukuk wieder schrei'n. Du,
lieber Gott, schmück'st Berg und Flur und alle Welt
so schön; wir woll'n uns freü'n; laß uns nur recht
bald den **Frühling** seh'n!

113. Wintermährchen.

Die Erde schläft! Mit weißer Hülle hat sie der
Winter zugedeckt. Sie ist nicht todt, sie schläft nur
stille, bis daß der Lenz sie wieder weckt.

Und wie das Kindlein ohne Sorgen, sich an
den Mutterbusen schmiegt, so ruh'n an ihrer
Brust verborgen, die Blumenkinder eingewiegt.

Da träumen sie von milden Lüften, vom
Sonnenlicht, vom klaren Thau; und seh'n, be-
rauscht von süßen Düften, den grünen Wald, die
bunte Au.

Sie lauschen, was die Vögel singen, und was die Quelle sagt dem Bach; sie kosen mit den Schmetterlingen, die Bienen summen: Guten Tag!

Die Blumen strecken sich nach oben, die Pracht zu schauen fern und nah, da ist der schöne Traum zerstoben und sieh' — **der Lenz ist wirklich da!**

Inhalt.

Ausgezeichnete Jugendschriften,

zu Geschenken jeder Art, welche im Verlage der **Karl Kollmann**'schen Buchhandlung in **Augsburg** erschienen und in jeder Buchhandlung zu erhalten sind:

Bilder aus der Natur.

Der Jugend gewidmet

von

Isabella Braun.

Mit einer Vorrede von **Christoph v. Schmid**.
Zweite vermehrte Auflage. Mit allegorischem Titelblatte in Stahlstich. In farbigem Umschlage gebunden 36 kr. oder 11¼ Sgr., broschirt 30 kr. oder 9 Sgr.

Das Erscheinen einer zweiten Auflage von diesem lieblichen Büchlein in weniger als Jahresfrist ist der untrüglichste Beweis, daß man dessen Vortrefflichkeit, ohngeachtet der Legion von Jugendschriften, gleich erkannte. Es sollte in keiner Kinderstube, in keinem Bücherschranke einer guten Mutter fehlen, denn solche Perlen sind heut zu Tage in der Jugendliteratur eine Seltenheit. — Der Recensent in der Sion, K. Liter.-Bl. Nr. 18 zum Sept., gesteht, „daß es schwer sei, auf die Frage: Welche unter diesen poetischen Bildern die schönsten seien? darin eine Auswahl zu treffen; man möchte zur Antwort geben: Alle sind die schönsten." —

Bilder aus der deutschen Geschichte.

Für die reifere Jugend bearbeitet

von **Isabella Braun.**

Duodez. Auf Druckvelin. brosch. 30 kr. oder 9 Sgr. gebunden 36 kr. oder 11¼ Sgr.

Gegenwärtig, wo das Studium der vaterländischen Geschichte fleißiger betrieben wird, dürfte eine Jugendschrift mit Freude begrüßt

werden, in welcher die bemerkenswerthesten Momente und edel=
sten Charaktere aus der deutschen Geschichte mit eben so vieler reli=
giös=poetischen Begeisterung, als mit edler Einfachheit von einer be=
reits durch ihre Epoche machenden „Bilder aus der Natur" rühm=
lichst bekannten Verfasserin geschildert sind. — Dieses Buch erfüllt
den doppelten Zweck, in ansprechendster Lektüre dem Gedächtnisse der
Jugend diese Momente aus der vaterländischen Geschichte mit ihren
großen Charakteren einzuprägen und diese schönen Dichtungen zu de=
klamatorischen Vorträgen in Schulen, Instituten und Familienkreisen
benützen zu können, und gerade zu diesem letzteren Zwecke fehlte es
seither noch immer an einem recht paßlichen Buche. Eltern und Leh=
rer werden bei Ansicht des Buches sich überzeugen, daß es diese Em=
pfehlung im vollsten Maaße verdient.

Kleine Geschichten,

den Kindern erzählt

von Isabella Braun.

Duodez. In prachtvollem Umschlag mit Farbendruck gebunden.
Preis 36 kr. rh. 11¼ Sgr. prß.

Die „Bilder aus der Natur" und die „Bilder aus der deutschen
Geschichte" haben das deutsche Publikum bereits von dem eminenten
Talente dieser Verfasserin so vollkommen überzeugt, daß es kaum er=
übrigt, in Betreff dieser „Kleinen Geschichten für Kinder" noch zu
versichern: daß dieselben wahrhafte Meisterstücke sind, die sich
den berühmten Erzählungen des hochw. Christoph v. Schmid würdig
zur Seite stellen können. — Deutsche Mütter, die ihren Kindern eine
christliche Erzählung geben wollen, können denselben wahrlich kein
besseres Büchlein in die Hände geben; die oberflächlichste Prüfung
wird dieses schon klar erkennen lassen.